What Does a
Good Neighbor Do?

by Kelly Russell

Glenview, Illinois • Boston, Massachusetts • Chandler, Arizona
Upper Saddle River, New Jersey

Where do you live?
Do people live near you?

neighbors

A neighbor lives near you.
What does a good neighbor do?

A good neighbor smiles at you.
A smile is nice.

good neighbors

A good neighbor helps.
It is good to help.

A good neighbor shares.
It is good to share.

Good neighbors know you.
"How are you today?"
asks a good neighbor.

Are you a good neighbor?

CU00829025

Analyse de l'œuvre

Par Catherine Bourguignon
et Marie-Pierre Quintard

D'autres vies que la mienne

d'Emmanuel Carrère

lePetitLittéraire.fr

Analyse de l'œuvre

Par Catherine Bourguignon
et Marie-Pierre Quintard

D'autres vies que la mienne

d'Emmanuel Carrère

Rendez-vous sur
lepetitlitteraire.fr
et découvrez :

Plus de 1200 analyses
Claires et synthétiques
Téléchargeables en 30 secondes
À imprimer chez soi

EMMANUEL CARRÈRE

ÉCRIVAIN, SCÉNARISTE ET RÉALISATEUR

- **Né en 1957 à Paris**
- **Quelques-unes de ses œuvres :**
  - *L'Adversaire* (2000), roman
  - *Limonov* (2011), roman
  - *Le Royaume* (2014), roman

Né en 1957 à Paris, Emmanuel Carrère est écrivain, scénariste et réalisateur. Fils de l'historienne et académicienne Hélène Carrère d'Encausse, spécialiste de la Russie, il débute comme critique de cinéma avant de passer à la fiction en 1983 avec un premier roman, *L'Amie du jaguar*. Publié depuis chez P.O.L, il obtient le prix Femina en 1995 pour *La Classe de neige*. Depuis *L'Adversaire*, qui retrace l'affaire Jean-Claude Romand, Emmanuel Carrère a mis la fiction de côté pour se consacrer à l'écriture de documentaires ou de récits, comme *Un roman russe* (2007) ou *D'autres vies que la mienne* (2009). Après avoir collaboré à l'écriture de téléfilms en tant que scénariste, il est passé lui-même à la réalisation en adaptant pour le cinéma son roman *La Moustache* en 2005.

D'AUTRES VIES QUE LA MIENNE

ENTRE BIOGRAPHIES ET AUTOPORTRAIT

- **Genre :** autobiographie romancée
- **Édition de référence :** *D'autres vies que la mienne*, Paris, P.O.L., 2009, 320 p.
- **1re édition :** 2009
- **Thématiques :** tsunami, maladie, deuil, entraide, altruisme, justice

D'autres vies que la mienne est paru en mars 2009. Ce livre est le récit de plusieurs destins qu'a croisés Emmanuel Carrère : celui d'un jeune couple qui perd sa petite fille de 4 ans dans un tsunami, et celui d'une femme atteinte d'un cancer qui doit se résoudre à mourir et quitter ses trois petites filles et son mari.

À travers ces récits, c'est sa propre vie que raconte Emmanuel Carrère, et surtout ce nouveau regard sur la vie que le fait d'avoir assisté à ces évènements lui a donné. Biographies et autoportrait se mêlent avec une émotion rare.

RÉSUMÉ

LE TSUNAMI DÉVASTATEUR

En décembre 2004, le narrateur, dans lequel le lecteur reconnaît rapidement Emmanuel Carrère, et sa compagne Hélène passent leurs vacances au Sri Lanka. Leur couple va mal et ils envisagent de se séparer. C'est alors qu'un tsunami a lieu et ravage toute la côte d'Asie du Sud. Séjournant dans un hôtel niché sur une falaise, Hélène et Emmanuel ne sont pas touchés, mais des Français rencontrés quelques jours plus tôt, Jérôme et Delphine, perdent leur petite fille de 4 ans, Juliette, emportée par la vague. En femme d'action, Hélène aide Jérôme à retrouver le corps de la fillette. Ils apprennent qu'il a été transporté à l'hôpital de Colombo. Grâce à sa carrière de journaliste, Hélène est habituée à réagir en situation d'urgence et montre une grande force pour soutenir les victimes. Emmanuel, désemparé et moins efficace, est un peu jaloux d'elle.

Le lendemain, tous partent à Colombo où ils retrouvent le corps de Juliette. Ses parents refusent l'image du cercueil qui leur est insupportable. Puisqu'ils ne peuvent pas, pour des raisons humanitaires, la ramener autrement que dans un cercueil plombé, ils choisissent d'incinérer leur fille sur place.

Dans un hôpital, Hélène et Jérôme rencontrent Ruth, une jeune Écossaise qui cherche son mari sans savoir s'il est mort ou pas. Elle les rejoint à l'hôtel. Hélène la force à appeler sa famille. Ruth s'y résout, et les siens lui apprennent que son mari est vivant. Blessé, il se trouve dans un hôpital à 50 kilomètres de là. Ils passent la soirée tous ensemble. Jérôme et Delphine font de leur mieux pour fêter la bonne nouvelle de Ruth malgré leur désespoir. Plus tard, ils reprennent tous l'avion pour la France.

Deux semaines après leur retour, Hélène et Emmanuel décident de ne plus se quitter et donnent une seconde chance à leur couple. L'expérience du tsunami les a rapprochés. Mais Hélène apprend que sa petite sœur, Juliette, âgée de 33 ans, est atteinte d'un nouveau cancer et que son état se dégrade rapidement. Ils vont donc la voir.

La maladie est apparue lorsqu'elle était âgée de 16 ans. À l'époque, on lui avait découvert un cancer du système lymphatique. Elle avait subi un traitement de radiothérapie et, au bout de quelques mois, elle était considérée comme guérie. Mais, l'été suivant, on lui avait détecté une lésion due à la radiothérapie. Elle avait alors dû s'armer d'une béquille pour marcher, une de ses jambes étant presque inerte.

Quelques semaines plus tard, Hélène est appelée en urgence : Juliette est en train de mourir. Dans la nuit, celle-ci a été prise d'une quinte de toux qui l'a empêchée de respirer. Les médecins se rendent vite compte qu'ils ne peuvent plus rien faire et qu'elle va mourir. Juliette apprend la nouvelle avec beaucoup de courage. Elle est emmenée en réanimation et souhaite juste pouvoir tenir jusqu'au lendemain pour que ses trois petites filles participent au spectacle de leur école et qu'elle puisse les voir après. C'est précisément ce qu'il se passe. Elle décède pendant la nuit, dans les bras de son mari, Patrice.

Le lendemain, toute la famille est invitée chez le collègue de Juliette, Étienne, avec qui elle avait tissé des liens très forts. Tous deux étaient juges au tribunal de Vienne et avaient le même handicap aux jambes dû à un cancer survenu durant leur jeunesse. Dans leur travail, ils défendaient les mêmes causes, tentant, dans les affaires de surendettement dont ils étaient chargés, de faire appliquer la vraie justice : « Elle et moi, nous avons été de grands juges », explique Étienne à la famille (p. 103).

LA VIE DE JULIETTE

Étienne propose à Emmanuel d'écrire un livre sur l'histoire de Juliette (p. 106). Celui-ci accepte et commence ses recherches. Il interroge alors Étienne à plusieurs reprises. Ce dernier lui raconte sa vie et son travail avec Juliette. Il parle du cancer qu'il a eu lorsqu'il était adolescent. À l'époque, il a subi une opération à la suite de laquelle on l'a considéré comme guéri. Mais, à 22 ans, il a dû faire face à une rechute et on lui a amputé la jambe.

Après ses études, Étienne a rencontré Nathalie : ils se sont installés ensemble et ont rapidement eu un bébé. Étienne a obtenu un poste au tribunal d'instance de Vienne. C'est là qu'il a fait la rencontre de Juliette. Après huit ans en tant que juge d'instance, Étienne a été muté à Lyon comme juge d'instruction. Il ne travaillait dès lors plus avec Juliette, mais ils se voyaient de temps en temps.

À cette époque, Juliette travaillait beaucoup et était de plus en plus fatiguée. En mars 2004, Diane, son troisième enfant, est née. En décembre, une nuit, elle a commencé à suffoquer : on lui a détecté une embolie pulmonaire. Elle a confié sa peur de mourir à Étienne, mais elle n'en a rien dit à Patrice. Par la suite, une complication de l'embolie est survenue et les médecins ont retrouvé des métastases : Juliette souffrait d'un nouveau cancer. Elle a commencé une chimiothérapie. Malheureusement, le bilan n'était pas bon, et le traitement pas satisfaisant. Suite à cette nouvelle, elle a compris qu'elle devait se préparer à mourir. Elle a demandé à ses voisins de se charger de l'organisation de son enterrement et leur dit qu'elle comptait sur eux pour les filles et a demandé à un ami de la photographier le plus souvent possible pour que Diane, qui n'aura pas de vrais souvenirs d'elle, ait au moins des photos. Au mois de mai, les médecins ont arrêté les traitements car ceux-ci n'avaient aucun effet positif.

C'est ensuite au tour de Patrice, le mari de Juliette, d'être interrogé par Emmanuel. Il lui raconte sa jeunesse et sa rencontre avec son épouse. Au début, leurs différences de caractère les ont inquiétés et ils ont pensé se séparer, mais ils ont vite compris qu'en réalité ils étaient faits l'un pour l'autre.

L'auteur se rend ensuite chez les parents de Juliette pour qu'ils lui racontent sa première maladie, quand elle était adolescente. Ils ont beaucoup de mal à en parler, même entre eux, mais ils acceptent de le faire dans l'espoir que le livre fasse un jour du bien aux petites filles de Juliette et Patrice.

Lorsqu'il rentre chez lui après avoir passé quelques jours chez Patrice, Emmanuel apprend qu'Hélène, sa compagne, est enceinte. Une petite Jeanne naît neuf mois plus tard. Au final, il se rend compte que ces deux tragédies (le tsunami et la mort de Juliette) lui ont permis d'être plus serein, et la naissance de sa fille le comble de bonheur. Voulant profiter de son bébé, Emmanuel ne finalise le livre que trois ans plus tard. Il fait relire le manuscrit à Étienne et à Patrice, en leur disant qu'ils peuvent modifier tout ce qu'ils souhaitent.

Plus tard, Emmanuel revoit Delphine et Jérôme. Ils ont deux enfants, mais ils n'ont pas oublié leur petite Juliette.

ÉTUDE DES PERSONNAGES

LE NARRATEUR

Le narrateur du livre n'est jamais nommé. Mais on comprend vite que derrière ce « je » se cache Emmanuel Carrère.

Il est écrivain et réalisateur. Il a eu un fils d'une précédente union, Jean-Baptiste, âgé de 13 ans. Il se décrit lui-même d'une façon qui n'est pas toujours très flatteuse. Au début du roman, dans les jours qui suivent le tsunami, il est désemparé, peu sûr de lui et jaloux de sa compagne qui sait mieux soutenir les victimes que lui. Un peu torturé, toujours insatisfait, il n'a jamais osé se laisser aller au bonheur : « Moi qui vis dans l'insatisfaction, la tension perpétuelle, qui cours après des rêves de gloire et saccage mes amours parce que je me figure toujours qu'ailleurs, un jour, plus tard, je trouverai mieux. » (p. 37)

Les deux évènements dramatiques auxquels il assiste changent sa vision de la vie. Il est beaucoup plus serein à la fin du roman. Si, avant le tsunami, il était sur le point de se séparer d'Hélène, il se rend compte au fil des quelques jours passés en Asie qu'il veut se battre pour prolonger cet amour : « Je me dis qu'il faut que cela arrive, que si je dois réussir une chose avant de mourir, c'est cela. » (p. 49) Quelques mois plus tard, quand Juliette, proche de la mort, dira que sa vie a été réussie, Emmanuel confiera à Hélène que, s'il s'était posé la même question, « [il] aurai[t] dit non » (p. 90-91). Il poursuit en disant :

> « J'aurais dit que j'avais réussi des choses. [...] Mais l'essentiel, qui est l'amour, m'aura manqué. J'ai été aimé, oui, mais je n'ai pas su aimer – ou pas pu, c'est pareil. [...] Et puis, après la vague [le tsunami], je t'ai choisie, nous nous sommes choisis et ce n'est plus pareil. » (p. 90-91)

Quand sa fille naît à la fin du livre, cette sérénité s'accroit encore :

> « Le miracle que j'espérais sans y croire a eu lieu : le renard qui me dévorait les entrailles est parti, je suis libre. J'ai passé un an à jouir du simple fait d'être vivant et à regarder grandir notre fille. Je n'avais pas d'idées pour la suite, pas d'inquiétude pour autant. » (p. 299)

HÉLÈNE

Hélène est la compagne d'Emmanuel Carrère. Elle est journaliste et a, elle aussi, un fils né d'une précédente union, Rodrigue. Dès le début du livre, on comprend que c'est une femme d'action, sure d'elle, qui sait ce qu'elle veut. Après le tsunami, elle ne se laisse pas envahir par ses émotions et fait tout ce qui est en son pouvoir pour aider les victimes : « Elle consacre toutes ses forces à faire ce qu'elle peut faire, peu importe que ce soit dérisoire, il faut le faire quand même. Elle est attentive, précise, elle pose des questions, pense à tout ce qui peut être utile. » (p. 29)

Dès le début, elle est inquiète pour sa sœur Juliette. Elle n'a pas toujours été très proche d'elle, a parfois l'impression d'être passée à côté de sa sœur, mais elle l'accompagne jusqu'au bout et souhaite, après sa mort, s'investir pleinement dans l'éducation des filles de Juliette.

JÉRÔME, DELPHINE, JULIETTE ET PHILIPPE

Jérôme et Delphine forment un jeune couple et sont les parents d'une petite Juliette de 4 ans. Philippe, le père de Delphine, est devenu un ami très proche de Jérôme. Ils passent régulièrement leurs vacances ensemble au Sri Lanka. Cette famille de Français apprécie les bonheurs simples, notamment les soirées d'été où l'on sort un grand vin que l'on déguste en discutant. Ils se laissent vivre tranquillement et se satisfont de ce qu'ils ont.

Lorsqu'en 2004, le tsunami emporte Juliette, Jérôme, Delphine et Philippe restent unis par une grande solidarité. Jérôme fait tout pour sauver sa femme de la détresse qui les engloutit. Finalement, des années après, ils auront d'autres enfants. Deux jours après le tsunami, Delphine a accepté de garder Rodrigue, le fils d'Hélène ; c'est ce qui l'a sauvée : « Elle a d'abord pensé : non, m'occuper d'un enfant deux jours après la mort de ma fille, je ne pourrai jamais, mais elle a dit oui, et à partir de cet instant elle a continué, malgré tout, à dire oui. » (p. 303)

JULIETTE

Juliette est la petite sœur d'Hélène. Adolescente, elle a été victime d'un cancer, et la radiothérapie qu'elle a alors subie lui a fait perdre l'usage de l'une de ses jambes : depuis, elle boite. À 33 ans, peu après la naissance de sa troisième fille, le cancer réapparait, cette fois dans les poumons. Elle mourra en quelques mois.

Elle est issue d'une famille élitiste, catholique, plutôt à droite. En tant que juge, elle est posée et rassurante. C'est une femme déterminée et volontaire. Elle ne cesse de regarder sa vie en face : lorsqu'elle apprend qu'elle a de nouveau un cancer, elle demande aux médecins d'être honnêtes avec elle. Elle tient aussi à être honnête vis-à-vis de ses filles et ne leur cache pas qu'elle va mourir. Jusqu'au bout, elle sait ce qu'elle veut : quand elle comprend que sa mort est imminente, elle demande aux médecins de la maintenir dans un état assez bon jusqu'au samedi après-midi pour qu'elle puisse voir ses filles après le spectacle de l'école : « Plus encore que son courage, sa lucidité et son exigence impressionnaient l'infirmière. » (p. 7)

PATRICE

Patrice est le mari de Juliette. Il est dessinateur de bandes dessinées. Dans leur couple, c'est Juliette qui travaille beaucoup et Patrice qui s'occupe de la maison. C'est un homme d'une grande simplicité (« Le souci n'est pas son fort, ni les plans de carrière, ni la peur du lendemain », p. 196) et qui fait facilement confiance aux gens. Provincial, il vient d'un milieu social très différent de celui de Juliette, ce qui n'a pas été sans causer des problèmes au début de leur relation. Sa simplicité rime avec humilité : « Il ne cherchait pas à se donner le beau rôle [...]. Il n'était pas fier, il n'avait pas honte. Consentir à être sans défense lui donnait une grande force. » (p. 204). Il prend la vie comme elle vient : « Patrice vit dans le présent. Ce que les sages de tous les temps désignent comme le secret du bonheur, être ici et maintenant, sans regretter le passé ni s'inquiéter de l'avenir, il le pratique spontanément. » (p. 262)

ÉTIENNE

Étienne est le grand ami de Juliette. Tous deux juges, ils se rencontrent au tribunal de Vienne et travaillent ensemble. Dès leur rencontre, ils se « reconnaissent » car ils sont tous les deux boiteux et rescapés d'un cancer : « Ils avaient traversé les mêmes souffrances, dont on n'a pas idée si on ne les a pas traversées. Ils venaient du même monde. » (p. 224) Ces liens forgent entre eux une profonde amitié : à deux, ils peuvent parler de la maladie en toute sincérité et dire « j'en ai marre » quand ils ne veulent pas le dire à leurs proches (p. 219-223). Pour Étienne, perdre Juliette signifie perdre celle à qui il pouvait vraiment parler, sans retenue : « Jusqu'à ma mort il y a des choses que je ne dirai plus à personne. C'est fini. La personne à qui je pouvais les dire sans que ce soit triste n'est plus là. » (p. 295)

CLÉS DE LECTURE

ENTRE BIOGRAPHIE ET AUTOBIOGRAPHIE

La quatrième de couverture donne le ton en s'achevant sur ces mots : « Tout y est vrai. » Le lecteur en est vite convaincu : le narrateur s'exprime à la première personne du singulier et n'est jamais nommé, mais on comprend rapidement qu'il correspond à l'auteur, Emmanuel Carrère. Cela se confirme avec l'évocation d'un de ses films (« Quelques mois plus tôt, j'ai réalisé un film d'après mon roman, *La Moustache* », p. 48) et par le fait qu'il se présente comme un écrivain (« À un moment du voyage [...], Philippe m'a entraîné un peu à l'écart et demandé : toi qui es écrivain, tu vas écrire un livre sur tout ça ? », p. 63) En outre, le premier évènement qu'Emmanuel Carrère relate est bien réel : le 26 décembre 2004, un séisme de magnitude 9 au large de l'Indonésie provoque un tsunami qui touche les pays d'Asie du Sud.

Par ailleurs, la structure du récit reflète bien le caractère véridique de l'histoire racontée : l'auteur conte d'abord les faits (la mort de la petite Juliette et la mort de la sœur d'Hélène), avec une émotion vive nourrie de tout petits détails. Ce n'est qu'après que l'auteur analyse ces faits un peu plus froidement, en s'attardant surtout sur l'histoire de Juliette, la sœur d'Hélène : il interroge Étienne, Patrice et les parents de Juliette, un peu comme s'il menait une enquête. C'est donc une biographie complète de Juliette qu'il nous livre.

Tout en décrivant les deux évènements dramatiques et la vie de Juliette, l'auteur confie ses émotions, ses sentiments et sa propre évolution. Dans la biographie de Juliette s'immisce ainsi en quelque sorte une autobiographie de l'auteur : il parle de son couple, de ses précédents livres, du tournage de son film, etc. Ce livre touche à des évènements si intimes que le lecteur peut avoir l'impression qu'il n'était pas vraiment destiné à être publié. L'auteur semble avoir eu besoin d'écrire ce récit pour digérer les évènements qu'il a vécus et aider les trois filles de Juliette (« Et moi qui suis loin d'eux, moi qui pour le moment et en sachant combien c'est fragile suis heureux, j'aimerais panser ce qui peut être pansé, tellement peu, et c'est pour cela que ce livre est pour Diane et ses sœurs », p. 310).

JUSTICE ET MALADIE

C'est notamment à la suite de sa rencontre avec Étienne Rigal, l'ami de Juliette, qu'Emmanuel Carrère décide d'écrire ce livre. Car une phrase en particulier, prononcée par le juge lors de leur première entrevue, l'interpelle : « Une des choses qui m'ont donné envie d'écrire cette histoire, c'est la façon dont Étienne, la première fois, a dit : Juliette et moi, nous avons été de grands juges. » (éditions Folio, p. 127). Il y a en effet, dans la manière dont Juliette et Étienne exercent leur métier, une dimension absolue, une détermination assez exemplaire à vouloir rendre la justice. Ils s'occupent d'affaires de surendettement opposant des particuliers démunis à des sociétés de crédit qui réclament à leurs clients des intérêts et des pénalités de retard exorbitants. Face à ces dossiers qui appellent une interprétation facilement manichéenne, les deux juges font preuve d'une grande probité. Ainsi, Étienne dit de Juliette qu'elle « n'aurait pas aimé qu'on dise qu'elle était du côté des démunis, [...] ce ne serait pas juridique et elle restait obstinément juriste. Elle aurait dit qu'elle était du côté du droit » (*ibid.*, p. 113). Lorsqu'il explique sa propre vocation, Étienne souligne cette même volonté de « dire ce qui est juste et de rendre la justice » (*ibid.*, p. 128).

Si cette quête impérieuse d'équité est sans doute ce qui cimente la relation d'amitié entre Juliette et Étienne, elle peut aussi être considérée comme le pendant de leur attitude réciproque face à la maladie. Ils font, en effet, preuve, chacun à leur manière, de courage et de lucidité face au mal qui les ronge. On décèle une forme d'acceptation (qui n'est pas pour autant un renoncement) lorsqu'Étienne raconte sa première nuit à l'hôpital, quand il vient d'apprendre qu'il a un cancer : « Quelque chose se joue à ce moment [...]. C'est une destruction psychique, cela peut être une refondation » (*ibid.*, p. 115). Cette « refondation » repose sur la révélation qu'il a cette nuit-là : « Les cellules cancéreuses sont autant toi que les cellules saines. Tu *es* ces cellules cancéreuses. [...] Ton cancer n'est pas un adversaire, il est toi. » (*ibid.*, p. 134) À partir de ce constat, de cette reconnaissance de la maladie, il est possible de lutter. Il est intéressant ici de noter un parallèle qu'Emmanuel Carrère fait dans le livre, et qui résonne à travers le mot « adversaire » cité plus haut : « la maladie de Hodgkin, le cancer dont Romand [personnage principal de *L'Adversaire*] se prétendait atteint pour donner un nom avouable à la chose innommable qui l'habitait, c'est celui que Juliette, à peu près à la même époque, a eu, elle, pour de bon » (*ibid.*, p. 118). Ainsi, à la maladie imaginaire et au comportement monstrueux de Jean-Claude Romand s'oppose le mal réel et sans espoir, mais porté par une vie accomplie et heureuse, de Juliette.

Car Juliette, elle, regarde la maladie en face ; elle sait qu'elle va mourir, ne se le cache pas, ni à elle ni à ses proches. Et l'espoir forcené qu'elle met dans son combat pour la justice, à travers l'exercice de son métier, peut être compris comme une façon de compenser celui qu'elle n'a plus pour elle-même. C'est en tout cas l'un des aspects qu'a choisi de mettre en avant Philippe Lioret, le réalisateur du film *Toutes nos envies*, qui est une libre adaptation du livre.

UN ROMAN NON FICTIONNEL

L'émergence d'un nouveau genre littéraire

Depuis quelques années déjà, on constate que de plus en plus de prix littéraires en France sont attribués à des œuvres appartenant au genre dit du « roman non fictionnel », c'est-à-dire dont la narration repose sur des faits réels tout en empruntant, dans sa forme, aux techniques de la fiction littéraire. Le caractère fictionnel du roman, qui était au départ la caractéristique intrinsèque du genre, n'est plus aussi évident aujourd'hui, et les frontières entre ce qui relève du récit journalistique et ce qui est de l'ordre de l'imagination, ou encore de l'autobiographie sont de plus en plus floues. Les Américains ont baptisé cette catégorie de livres hybrides, la *narrative non fiction*, dont les premiers grands représentants étaient Norman Mailer (1923-2007) et Truman Capote (1924-1984).

C'est dans cette mouvance du genre que s'inscrivent les

œuvres d'Emmanuel Carrère, et notamment *L'Adversaire* qui marqua l'entrée de l'auteur dans cette nouvelle forme de littérature. Ces « romans » sont souvent issus de longs reportages publiés dans des revues ou des magazines. C'est le cas pour *D'autres vies que la mienne* dont une première ébauche concernant le récit du tsunami fut publiée dans *Paris Match* en janvier 2005 ; ce texte a été repris sous le titre « La mort au Sri Lanka » dans le dernier livre de l'auteur paru en 2016, *Il est avantageux d'avoir où aller*.

Une écriture de l'empathie

Ce qui intéresse Emmanuel Carrère avant tout, c'est d'« écrire des vies » (citation de l'auteur reprise dans l'article « La fin du roman ? », publié dans *L'obs*, le 30 novembre 2011). Et même si, à l'inverse de l'autofiction, ce n'est pas sa vie qu'il rapporte, celle-ci entre néanmoins en résonance avec celles qu'il raconte, et c'est ce mouvement de va-et-vient entre sa propre existence et celle des autres qui lui permet d'atteindre l'universel et de comprendre ce qui « touche chacun d'entre nous » (quatrième de couverture de *L'Adversaire*, édition P.O.L., 2000). Ainsi, comme l'écrit le magistrat Philippe Bilger à son propos, « l'imagination, chez lui, est bien moins stimulante et riche que l'empathie » (« D'autres vies... et celle d'Emmanuel Carrère », in *Le blog de Philippe Bilger*). C'est à cette sorte de fraternité absolue qu'Emmanuel Carrère aspire lorsqu'il souhaiterait « être digne de reprendre à [son] compte » cette citation du psychanalyste Pierre Cazenave définissant son art comme « une solidarité inconditionnelle avec ce que la condition d'homme comporte d'insondable détresse » (*D'autres vies que la mienne*, éditions Folio, p. 155).

L'écrivain porte-parole et médiateur

Le rôle de l'écrivain, tel que le conçoit Emmanuel Carrère, serait donc celui du porte-parole, sans nier pour autant sa subjectivité qui lui permet d'entrer en empathie avec l'autre. Cette place qu'occupe l'écrivain, le personnage Étienne Rigal l'a bien identifiée, comme le souligne l'auteur : « Il savait que, parlant de lui, je parlerais forcément de moi. » (*ibid.*, p. 120) Le juge n'est pas le seul protagoniste de l'histoire à l'avoir compris. Ainsi Hélène ne s'offusque pas lorsqu'il lui annonce son projet d'écrire un livre sur l'histoire de sa sœur, mais au contraire reconnait la justesse de cette idée.

L'écrivain est donc porteur d'une mission, pourrait-on dire, celle du médiateur qui doit réussir à faire émerger, par-delà les différences, ce qui rassemble les individus entre eux pour former une seule humanité (« Je préfère ce qui me rapproche des autres hommes à ce qui m'en distingue », *ibid.*, p. 333). À plusieurs reprises, l'auteur souligne l'idée qu'il existe un hiatus insondable entre les personnes qui ont vécu des drames tels que ceux racontés et les autres : « La veille encore ils étaient comme nous, nous étions comme eux, mais il leur est arrivé quelque chose qui ne nous est pas arrivé à nous et nous faisons maintenant partie de deux humanités séparées. » (*ibid.*, p. 35)

Entre ces deux rives, la compréhension est d'autant plus difficile que la parole est contrainte. Ainsi, à la liberté d'expression qui existe entre Juliette et Étienne s'oppose la pudeur installée entre Juliette et Patrice :

> « [...] la règle, et ils s'aperçoivent qu'elle est la même pour

tous les deux [Juliette et Étienne], c'est de ne pas en parler aux autres. Quand ils disent les autres, ils entendent l'autre principal, Nathalie pour lui, Patrice pour elle. À eux, [...], il est important de taire ces pensées-là. Parce qu'elles leur font du mal [...]. » (*ibid.*, p. 238)

Face à ce constat de l'indicible, le narrateur propose deux réactions : l'action, incarnée par Hélène, qui agit sans compter et sans penser à elle ; et l'écriture pour lui – qui se sent inutile et inefficace face à l'urgence –, peut-être pour aider ceux qui restent ou, en tout cas, pour mieux comprendre ce qui s'est passé.

PISTES DE RÉFLEXION

QUELQUES QUESTIONS POUR APPROFONDIR SA RÉFLEXION...

- Quels éléments prouvent que ce roman n'est pas une fiction ?
- Comment décririez-vous la personnalité de l'auteur-narrateur ?
- À quoi est due, selon vous, l'émotion que l'on ressent en lisant ce livre ?
- L'auteur assiste à deux évènements graves. Quelle(s) leçon(s) en tire-t-il ?
- Quelle vision de la maladie l'auteur livre-t-il à travers ce roman ?
- À qui ce livre va-t-il « servir » le plus ? Pourquoi pensez-vous que Carrère l'ait écrit ?
- Quel message l'auteur nous invite-t-il à retenir de son livre ?
- Comparez cet ouvrage avec *L'Adversaire* du même auteur, paru en 2000. Quels sont les points communs entre les deux œuvres ?
- Qu'est-ce qui distingue le roman non fictionnel et l'autofiction ?
- Comment Emmanuel Carrère a-t-il procédé pour écrire ce livre ? En quoi ce travail préliminaire se rapproche-t-il du journalisme ?

Votre avis nous intéresse !
Laissez un commentaire sur le site de votre librairie en ligne
et partagez vos coups de cœur sur les réseaux sociaux !

POUR ALLER PLUS LOIN

ÉDITIONS DE RÉFÉRENCE

- CARRÈRE E., *D'autres vies que la mienne*, Paris, P.O.L. Éditeur, 2009.
- CARRÈRE E., *D'autres vies que la mienne*, Paris, Folio, 2011.

ÉTUDES DE RÉFÉRENCE

- CARRÈRE E., *Il est avantageux d'avoir où aller*, Paris, P.O.L. Éditeur, 2016.
- « D'autres vies ... et celle d'Emmanuel Carrère », in *Justice au singulier, le blog de Philippe Bilger*, consulté le 13 décembre 2016, http://www.philippebilger.com/blog/2014/08/dautres-vieset-celle-demmanuel-carr%C3%A8re.html.
- « La fin du roman », in *L'Obs*, 30 novembre 2011, consulté le 13 décembre 2016, http://bibliobs.nouvelobs.com/rentree-litteraire-2011/20111125.OBS5320/la-fin-du-roman.html

ADAPTATION

- *Toutes nos envies*, film de Philippe Lioret, avec Vincent Lindon, Marie Gillain et Amandine Dewasmes, France, 2011.

SUR LEPETITLITTÉRAIRE.FR

- Fiche de lecture sur *Limonov* d'Emmanuel Carrère.

- Fiche de lecture sur *Le Royaume* d'Emmanuel Carrère.

Retrouvez notre offre complète sur lePetitLittéraire.fr

- des fiches de lectures
- des commentaires littéraires
- des questionnaires de lecture
- des résumés

ANOUILH
- Antigone

AUSTEN
- Orgueil et Préjugés

BALZAC
- Eugénie Grandet
- Le Père Goriot
- Illusions perdues

BARJAVEL
- La Nuit des temps

BEAUMARCHAIS
- Le Mariage de Figaro

BECKETT
- En attendant Godot

BRETON
- Nadja

CAMUS
- La Peste
- Les Justes
- L'Étranger

CARRÈRE
- Limonov

CÉLINE
- Voyage au bout de la nuit

CERVANTÈS
- Don Quichotte de la Manche

CHATEAUBRIAND
- Mémoires d'outre-tombe

CHODERLOS DE LACLOS
- Les Liaisons dangereuses

CHRÉTIEN DE TROYES
- Yvain ou le Chevalier au lion

CHRISTIE
- Dix Petits Nègres

CLAUDEL
- La Petite Fille de Monsieur Linh
- Le Rapport de Brodeck

COELHO
- L'Alchimiste

CONAN DOYLE
- Le Chien des Baskerville

DAI SIJIE
- Balzac et la Petite Tailleuse chinoise

DE GAULLE
- Mémoires de guerre III. Le Salut. 1944-1946

DE VIGAN
- No et moi

DICKER
- La Vérité sur l'affaire Harry Quebert

DIDEROT
- Supplément au Voyage de Bougainville

DUMAS
- Les Trois Mousquetaires

ÉNARD
- Parlez-leur de batailles, de rois et d'éléphants

FERRARI
- Le Sermon sur la chute de Rome

FLAUBERT
- Madame Bovary

FRANK
- Journal d'Anne Frank

FRED VARGAS
- Pars vite et reviens tard

GARY
- La Vie devant soi

GAUDÉ
- La Mort du roi Tsongor
- Le Soleil des Scorta

GAUTIER
- La Morte amoureuse
- Le Capitaine Fracasse

GAVALDA
- 35 kilos d'espoir

GIDE
- Les Faux-Monnayeurs

GIONO
- Le Grand Troupeau
- Le Hussard sur le toit

GIRAUDOUX
- La guerre de Troie n'aura pas lieu

GOLDING
- Sa Majesté des Mouches

GRIMBERT
- Un secret

HEMINGWAY
- Le Vieil Homme et la Mer

HESSEL
- Indignez-vous !

HOMÈRE
- L'Odyssée

HUGO
- Le Dernier Jour d'un condamné
- Les Misérables
- Notre-Dame de Paris

HUXLEY
- Le Meilleur des mondes

IONESCO
- Rhinocéros
- La Cantatrice chauve

JARY
- Ubu roi

JENNI
- L'Art français de la guerre

JOFFO
- Un sac de billes

KAFKA
- La Métamorphose

KEROUAC
- Sur la route

KESSEL
- Le Lion

LARSSON
- Millenium 1. Les hommes qui n'aimaient pas les femmes

LE CLÉZIO
- Mondo

LEVI
- Si c'est un homme

LEVY
- Et si c'était vrai…

MAALOUF
- Léon l'Africain

MALRAUX
• La Condition
  humaine

MARIVAUX
• La Double
  Inconstance
• Le Jeu de l'amour
  et du hasard

MARTINEZ
• Du domaine
  des murmures

MAUPASSANT
• Boule de suif
• Le Horla
• Une vie

MAURIAC
• Le Nœud
  de vipères

MAURIAC
• Le Sagouin

MÉRIMÉE
• Tamango
• Colomba

MERLE
• La mort est
  mon métier

MOLIÈRE
• Le Misanthrope
• L'Avare
• Le Bourgeois
  gentilhomme

MONTAIGNE
• Essais

MORPURGO
• Le Roi Arthur

MUSSET
• Lorenzaccio

MUSSO
• Que serais-je
  sans toi ?

NOTHOMB
• Stupeur et
  Tremblements

ORWELL
• La Ferme
  des animaux
• 1984

PAGNOL
• La Gloire de
  mon père

PANCOL
• Les Yeux jaunes
  des crocodiles

PASCAL
• Pensées

PENNAC
• Au bonheur
  des ogres

POE
• La Chute de la
  maison Usher

PROUST
• Du côté de
  chez Swann

QUENEAU
• Zazie dans
  le métro

QUIGNARD
• Tous les matins
  du monde

RABELAIS
• Gargantua

RACINE
• Andromaque
• Britannicus
• Phèdre

ROUSSEAU
• Confessions

ROSTAND
• Cyrano de
  Bergerac

ROWLING
• Harry Potter à
  l'école des sor-
  ciers

SAINT-EXUPÉRY
• Le Petit Prince
• Vol de nuit

SARTRE
• Huis clos
• La Nausée
• Les Mouches

SCHLINK
• Le Liseur

SCHMITT
- La Part de l'autre
- Oscar et la Dame rose

SEPULVEDA
- Le Vieux qui lisait des romans d'amour

SHAKESPEARE
- Roméo et Juliette

SIMENON
- Le Chien jaune

STEEMAN
- L'Assassin habite au 21

STEINBECK
- Des souris et des hommes

STENDHAL
- Le Rouge et le Noir

STEVENSON
- L'Île au trésor

SÜSKIND
- Le Parfum

TOLSTOÏ
- Anna Karénine

TOURNIER
- Vendredi ou la Vie sauvage

TOUSSAINT
- Fuir

UHLMAN
- L'Ami retrouvé

VERNE
- Le Tour du monde en 80 jours
- Vingt mille lieues sous les mers
- Voyage au centre de la terre

VIAN
- L'Écume des jours

VOLTAIRE
- Candide

WELLS
- La Guerre des mondes

YOURCENAR
- Mémoires d'Hadrien

ZOLA
- Au bonheur des dames
- L'Assommoir
- Germinal

ZWEIG
- Le Joueur d'échecs

L'éditeur veille à la fiabilité des informations publiées, les-
quelles ne pourraient toutefois engager sa responsabilité.

www.lepetitlitteraire.fr

ISBN version numérique : 978-2-8062-1928-2
ISBN version papier : 978-2-8062-1074-6
Dépôt légal : D/2013/12603/119

Avec la collaboration de Marie-Pierre Quintard pour
les chapitres « Justice et maladie » et « Un roman non
fictionnel ».

Conception numérique : Primento,
le partenaire numérique des éditeurs.

 FÉDÉRATION
WALLONIE-BRUXELLES

Ce titre a été réalisé avec le soutien de la Fédération
Wallonie-Bruxelles, Service général des Lettres et du Livre.

Printed in Great Britain
by Amazon